하늘나라에 사는 견우와 직녀는
서로 사랑하게 되어 혼인을 했어요.
하지만 그 뒤로 일은 게을리하고 놀기만 하지요.
옥황상제는 어떤 벌을 내릴까요?

추천 감수 _ 서대석
서울대학교와 동 대학원에서 구비문학을 전공하고 문학박사 학위를 받았습니다. 한국 구비문학회 회장과 한국고전문학회 회장을 지냈으며, 1984년부터 지금까지 서울대학교 인문대학 국어국문학과 교수로 재직 중입니다. 〈한국구비문학대계〉 1-2, 2-2, 2-6, 2-7, 4-3 등 5권을 펴냈으며, 쓴 책으로 〈구비문학 개설〉, 〈전통 구비문학과 근대 공연 예술〉, 〈한국의 신화〉, 〈군담소설의 구조와 배경〉 등이 있습니다.

추천 감수 _ 임치균
서울대학교 대학원에서 고전소설 연구로 문학박사 학위를 받고 현재 한국학중앙연구원 한국학대학원 어문예술계열 교수로 재직 중입니다. 한국학중앙연구원에서 문헌과 해석 운영위원으로 활동하고 있으며, 고전소설의 대중화 방안을 연구하여 일반인들에게 널리 알리는 일에 앞장서고 있습니다. 쓴 책으로 〈조선조 대장편소설 연구〉, 〈한국 고전소설의 세계〉(공저), 〈검은 바람〉 등이 있습니다.

추천 감수 _ 김기형
고려대학교와 동 대학원에서 구비문학을 전공하고 문학박사 학위를 받았습니다. 현재 고려대학교 문과대학 국어국문학과 부교수로 판소리를 비롯한 우리 문학을 계승 발전시키기 위해 노력하고 있습니다. 쓴 책으로 〈적벽가 연구〉, 〈수궁가 연구〉, 〈강도근 5가 전집〉, 〈한국의 판소리 문화〉, 〈한국 구비문학의 이해〉(공저) 등이 있습니다.

추천 감수 _ 김병규
대구교육대학을 졸업하고 한국일보 신춘문예에 동화가, 중앙일보 신춘문예에 희곡이 당선되면서 작품 활동을 시작했습니다. 대한민국문학상, 소천아동문학상, 해강아동문학상 등을 수상했으며, 현재 소년한국일보 편집국장으로 재직 중입니다. 쓴 책으로 〈나무는 왜 겨울에 옷을 벗는가〉, 〈푸렁별에서 온 손님〉, 〈그림 속의 파란 단추〉 등이 있습니다.

추천 감수 _ 배익천
경북 영양에서 태어났습니다. 1974년 한국일보 신춘문예에 동화가 당선되었고, 〈마음을 찍는 발자국〉, 〈눈사람의 휘파람〉, 〈냉이꽃〉, 〈은빛 날개의 가슴〉 등의 동화집을 펴냈습니다. 한국아동문학상, 대한민국문학상, 세종아동문학상 등을 받았으며, 현재 부산 MBC에서 발행하는 〈어린이문예〉 편집주간으로 일하고 있습니다.

글 _ 한미호
이화여자대학교에서 국문학을 공부하고, 어린이 책에 글을 쓰면서 외국책을 우리말로 옮기는 일을 하고 있습니다. 〈강아지 복실이〉가 문화관광부의 전자책 산업을 이끌 작품으로 선정되기도 하였으며, 그 밖에 쓴 책으로 〈삼 형제〉, 〈깜깜해도 무섭지 않아〉 등이 있습니다.

그림 _ 이형진
서울대학교에서 산업미술을 공부하고, 지금은 어린이 책을 쓰고 그리는 일을 하고 있습니다. 직접 기획하여 글을 쓰고 그림을 그린 책으로 〈엄마, 우리 엄마〉 시리즈와 〈안녕?〉 시리즈가 있으며, 그린 책으로 〈고양이〉, 〈어두운 계단에서 도깨비가〉, 〈장승이 너무 추워 덜덜덜〉, 〈살아 있는 지구의 얼굴〉 등이 있습니다.

소년한국
우수어린이
도서수상

〈말랑말랑 우리전래동화〉는 소년한국일보사가 국내 최고의 도서 제품을 선정하여 주는 우수어린이 도서를 여러 출판사의 많은 후보작과의 치열한 경쟁을 뚫고 수상하였습니다.

말랑말랑
우리전래동화   **⑲ 사랑과 믿음**
견우와 직녀

발 행 인 박희철
발 행 처 한국헤밍웨이
출판등록 제406-2013-000056호
주　　소 경기도 성남시 분당구 금곡동 444-148
대표전화 031-715-7722
팩　　스 031-786-1100
편　　집 이영혜, 이승희, 최부옥, 김지균, 송정호
디 자 인 조수진, 우지영, 성지현, 선우소연
사진제공 이미지클릭, 연합포토, 중앙포토

△ 주의 : 본 교재를 던지거나 떨어뜨리면 다칠 우려가 있으니 주의하십시오.
　　　　 고온 다습한 장소나 직사광선이 닿는 장소에는 보관을 피해 주십시오.

견우와 직녀

글 한미호 그림 이형진

ii 한국헤밍웨이

하늘나라의 아침은 참 분주하고 바빠.
모두들 일찍 일어나 마당도 쓸고,
닭 모이도 주고, 물 길어다 밥도 해야 하거든.
옥황상제님만 어슬렁어슬렁 기웃기웃 한가해 보이지.
다들 맡은 일은 잘 하고 있나, 마음들은 편안한가,
살피는 것이 옥황상제님의 일이라 그런 거야.

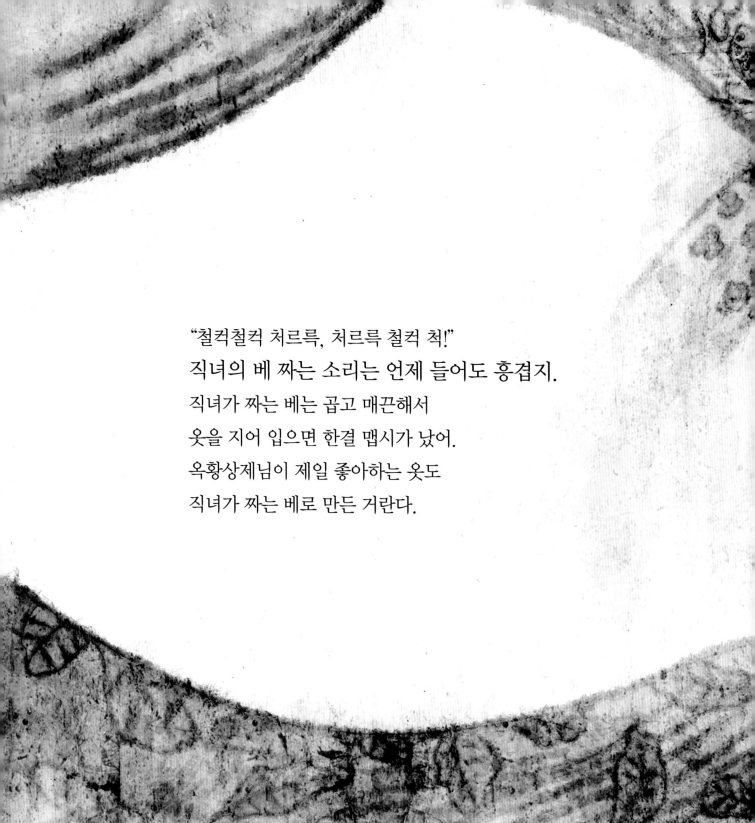

"철컥철컥 처르륵, 처르륵 철컥 척!"
직녀의 베 짜는 소리는 언제 들어도 흥겹지.
직녀가 짜는 베는 곱고 매끈해서
옷을 지어 입으면 한결 맵시가 났어.
옥황상제님이 제일 좋아하는 옷도
직녀가 짜는 베로 만든 거란다.

"이랴이랴 워어워, 이랴 워워, 이랴!"
견우가 소 모는 소리는 *구성진 노랫가락 같았어.
짤랑짤랑 소 방울 소리가 장단을 맞추었지.
견우가 갈아 놓은 논이랑 밭은 어찌나 기름진지
씨만 뿌려 놓아도 곡식이 절로 *영글곤 했단다.
견우는 하늘나라에서 제일가는 농사꾼이었어.

*구성지다 : 자연스럽고 구수하며 멋지다는 뜻이에요.
*영글다 : 곡식이나 과일이 잘 익은 것을 말해요.

오늘은 경사스러운 날이야.
직녀와 견우가 시집 장가 가는 날!
서로 마주 서서 발그레 얼굴을 붉히며 큰절을 올렸지.
서로 위해 주고 잘 살겠다고 약속하는 거야.
옥황상제님도 하루 종일 싱글벙글했어.

그런데 이를 어쩌지?
견우와 직녀가 혼인한 뒤로 하늘나라에서는
베 짜는 직녀의 모습을 볼 수가 없었어.
일하는 견우의 모습도 보이질 않았지.
하루 종일 함께 노느라 일할 생각을 않는 거야.
서로 좋아하는 모습이 어찌나 간절한지
사람들은 아무 말도 할 수가 없었단다.

가만히 지켜만 보던 옥황상제님이
어느 날 *불호령을 내렸어.
한 번만 더 할 일을 게을리하면 벌을 내린다고 했지.
옥황상제님도 마음이 편하지만은 않았어.
견우와 직녀의 마음을 누구보다도 잘 알았으니까.

*불호령 : 몹시 심하게 하는 꾸지람을 뜻해요.

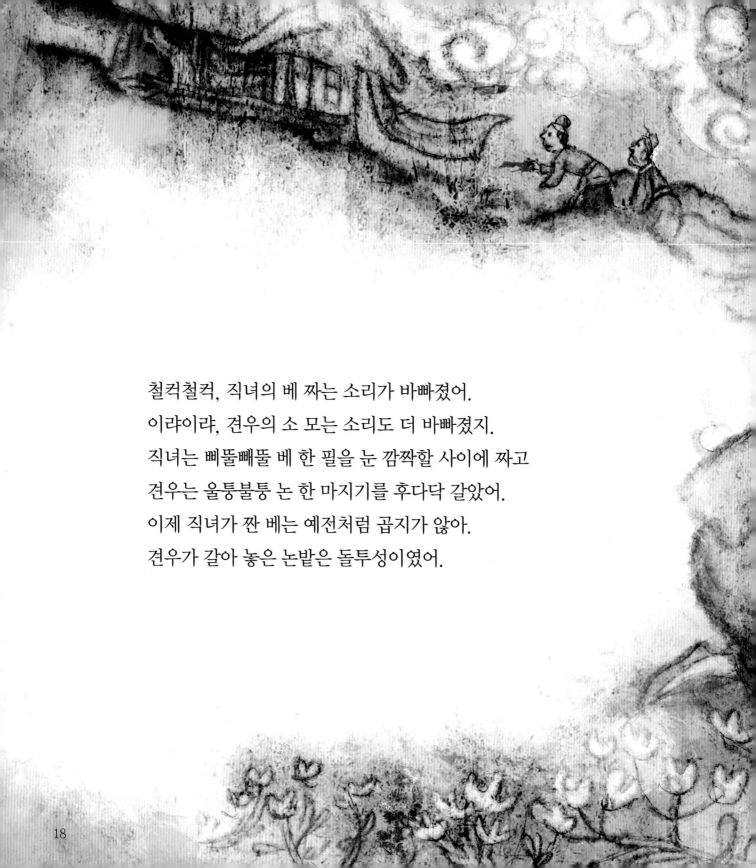

철컥철컥, 직녀의 베 짜는 소리가 바빠졌어.
이랴이랴, 견우의 소 모는 소리도 더 바빠졌지.
직녀는 삐뚤빼뚤 베 한 필을 눈 깜짝할 사이에 짜고
견우는 울퉁불퉁 논 한 마지기를 후다닥 갈았어.
이제 직녀가 짠 베는 예전처럼 곱지가 않아.
견우가 갈아 놓은 논밭은 돌투성이였어.

옥황상제님은 무척 화가 났어.
견우와 직녀를 더 이상 두고 볼 수만은 없었지.
결국 둘에게 벌을 내리기로 했단다.

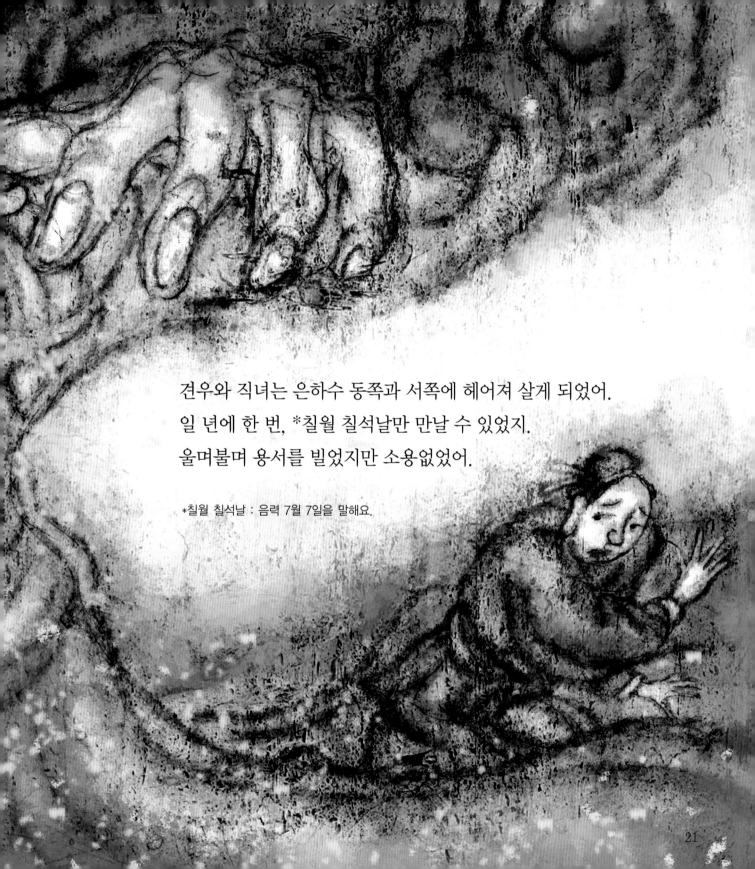

견우와 직녀는 은하수 동쪽과 서쪽에 헤어져 살게 되었어.
일 년에 한 번, *칠월 칠석날만 만날 수 있었지.
울며불며 용서를 빌었지만 소용없었어.

*칠월 칠석날 : 음력 7월 7일을 말해요.

직녀는 밤낮으로 쉬지 않고 베를 짰어.
그러면 하루가 조금이라도 빨리 가거든.
사람들은 직녀의 베 짜는 소리를 들으며
매일 밤 뒤척뒤척 잠을 설쳤지.

견우는 하루 종일 쉬지 않고 밭을 갈았어.
하지만 밤에는 하염없이 피리를 불었지.
사람들은 견우의 피리 소리를 들으며
매일 밤 슬픈 꿈을 꾸었단다.

드디어 칠월 칠석날이 되었어.
견우와 직녀가 헤어진 지 꼭 일 년 만이었지.
그런데 이를 어쩌면 좋아?
은하수가 너무 넓어 건널 수가 없는 거야.
견우와 직녀는 서로 애타게 부르며 눈물만 흘렸어.

다음 해에도, 그다음 해에도
견우와 직녀는 만날 수가 없었지.
서로 바라만 보고 안타까워하며
눈물을 펑펑 흘리다 헤어졌어.

옥황상제님은 날로 걱정이 커졌어.
두 사람이 흘린 눈물 때문에
땅의 나라에 삼 년 동안 홍수가 났거든.
하늘을 원망하는 소리는 점점 커져만 갔지.

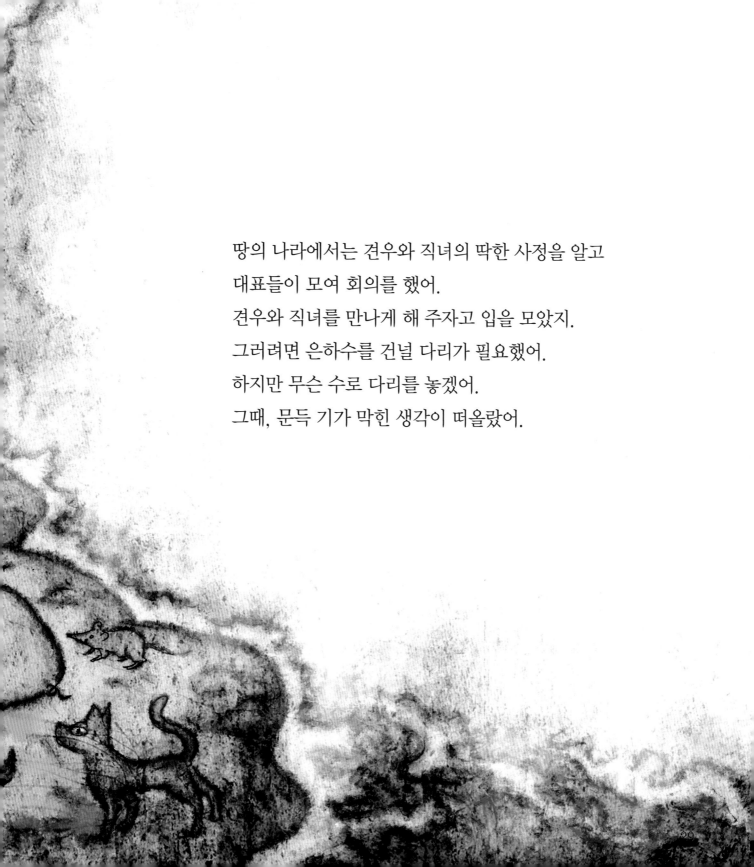

땅의 나라에서는 견우와 직녀의 딱한 사정을 알고
대표들이 모여 회의를 했어.
견우와 직녀를 만나게 해 주자고 입을 모았지.
그러려면 은하수를 건널 다리가 필요했어.
하지만 무슨 수로 다리를 놓겠어.
그때, 문득 기가 막힌 생각이 떠올랐어.

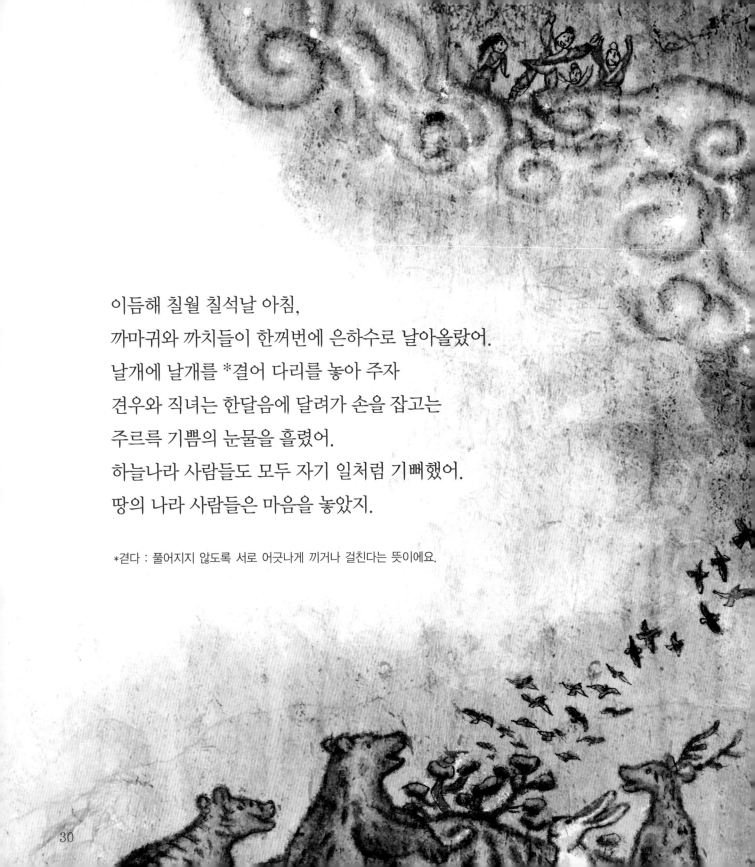

이듬해 칠월 칠석날 아침,
까마귀와 까치들이 한꺼번에 은하수로 날아올랐어.
날개에 날개를 *겯어 다리를 놓아 주자
견우와 직녀는 한달음에 달려가 손을 잡고는
주르륵 기쁨의 눈물을 흘렸어.
하늘나라 사람들도 모두 자기 일처럼 기뻐했어.
땅의 나라 사람들은 마음을 놓았지.

*겯다 : 풀어지지 않도록 서로 어긋나게 끼거나 걸친다는 뜻이에요.

이제 하늘나라도, 땅의 나라도 모두 편안해졌어.
다만 견우와 직녀가 만날 때가 되면
까마귀와 까치는 다리를 놓느라 바쁘단다.
이 다리를 사람들은 '오작교' 라고 불러.
지금도 칠월 칠석날이 되면 견우와 직녀가
오작교를 건너가 만난다고 해.

견우와 직녀 작품해설

〈견우와 직녀〉는 칠월 칠석의 유래에 대한 이야기예요. 여름철 밤하늘을 살펴보면 동남쪽에서 북쪽을 가로지르는 은하수가 펼쳐집니다. 은하수 동쪽에는 희미하게 빛나는 견우별이 있고, 서쪽에는 푸른빛을 띤 직녀별이 있는데, 이 두 별은 매년 칠월 칠석(음력 7월 7일) 무렵이면 위치가 매우 가까워지지요. 아마도 이러한 별의 움직임을 본 사람들은 〈견우와 직녀〉 이야기를 상상해 냈을 것입니다. 소를 치는 총각 '견우'와 베를 짜는 처녀 '직녀'는 농경 사회에서 남녀의 역할을 말해 줍니다. 또한 이들이 하는 일을 통해 당시에 가장 중요하게 생각했던 재산이 '소'와 '베'라는 것을 짐작할 수 있지요.

하늘나라에 소를 모는 총각 견우와 베를 짜는 처녀 직녀가 살았습니다. 둘은 하늘나라에서 제일가는 재주꾼이고 살림꾼이었지요. 그런 견우와 직녀는 서로 사랑하여 부부가 되었습니다. 그런데 둘은 너무 행복한 나머지 자신들이 해야 할 일을 까맣게 잊어버렸지요. 옥황상제가 견우와 직녀를 불러 다시 한 번만 일을 게을리하면 벌을 내리겠다고 했습니다. 하지만 견우와 직녀는 얼마 안 가서 다시 게을러졌지요. 화가 난 옥황상제는 직녀와 견우를 떼어 놓고 일 년에 한 번, 은하수를 사이에 두고 만나도록 했습니다.

견우와 직녀는 일 년 내내 떨어져 살다가 칠월 칠석이 되면 은하수로 달려갑니다. 둘은 깊고 넓은 은하수를 사이에 두고 서로의 모습을 바라보며 하염없이 눈물을 흘렸습니다. 그 때문에 땅의 나라에서는 매년 홍수가 났지요. 결국 땅의 나라 대표들은 회의를 열어 까마귀와 까치가 서로의 날개를 이어 다리를 만들어 주기로 했습니다. 덕분에 견우와 직녀는 일 년에 한 번, 칠월 칠석날 그 다리를 밟고 은하수를 건너 잠시나마 서로 만날 수 있게 되었지요.

〈견우와 직녀〉는 애달픈 사랑 이야기입니다. 또한 자기의 할 일을 게을리하는 사람에게는 그만큼 고통이 뒤따른다는 교훈을 주기 위한 이야기이기도 합니다.

꼭 알아야 할 작품 속 우리 문화

은하수

하늘에 빛나는 별들 중 은빛 강처럼 희고 뿌옇게 보이는 별들을 은하수라고 불러요. 순우리말로는 '미리내'라고 하지요. 은하수는 여름밤에 잘 보이는데 실제로는 엄청난 수의 별들이 모여 있는 거예요. 우리 조상들은 은하수 양쪽에 있는 별에 견우성과 직녀성이라는 이름을 붙였어요. 그리고 두 별이 칠월 칠석(음력 7월 7일)날 만난다고 생각했지요.

오작교

우리 조상들은 칠월 칠석날이 되면 견우와 직녀를 만나게 하기 위해 까치와 까마귀가 날개를 펴서 은하수에 다리를 놓아 준다고 생각했어요. 그래서 이날 지상에서는 까치와 까마귀를 볼 수 없다고 해요. 이렇게 만들어진 다리를 까치와 까마귀를 뜻하는 한자 이름인 오작교라고 부르지요. 이때 내리는 비를 칠석물이라고 해요.

베틀

베틀은 옷감을 만드는 기계예요. 옛날에 우리 조상은 명주, 무명, 모시, 삼베 등으로 옷을 만들어 입었어요. 실 상태인 명주나 모시를 베틀을 이용해 천으로 짠 후, 그 천으로 옷을 만들었어요. 인디언 중 나바호 족도 베틀을 이용해 천을 짰고, 중국 등지에서 많은 민족이 베틀을 이용했어요. 하지만 생김새나 사용법은 조금씩 달랐지요.

조상의 지혜를 배우는 속담 여행

〈견우와 직녀〉에서 견우와 직녀는 사랑 때문에 자신이 해야 할 일을 게을리하여 벌까지 받게 된답니다. 자신이 원하는 것을 얻으려면 항상 부지런해야 하지요. 여기에서 배울 수 있는 속담을 알아보아요.

거지도 부지런하면 더운밥을 먹는다

사람은 부지런해야 복을 받고 살 수 있음을 비유적으로 이르는 말이에요.

전래 동화로 미리 배우는 교과서

🦆 견우와 직녀가 은하수를 사이에 두고 떨어져 사는 이유는 무엇인가요? 그리고 일 년에 단 하루 만나는 날은 언제인가요?

🦌 옥황상제님이 견우와 직녀에게 내린 벌이 심하다고 생각하나요? 그렇다면 어떤 벌을 내렸으면 좋았을까요?

🐢 아래 그림에서 견우와 직녀가 만날 수 있도록 은하수에 다리를 놓아 준 새들을 찾아 보세요.

참새

까치

까마귀

제비